Périple

Éric Barberi

Périple

Roman

LE LYS BLEU
ÉDITIONS

ISBN : 979-10-377-6516-1

Le pouvoir, c'est le vouloir

E. B

Préface

Notre vie n'est qu'un long cheminement d'un point de départ vers un point de non-retour. En effet, ce que nous appelons dernier voyage est-il vraiment une arrivée ? Nous ne le saurons que bien trop tard.

Si nous découpons ce parcours intime en tranches et que nous en extrayons une, possédera-t-elle les mêmes caractéristiques que les autres, c'est-à-dire y retrouverons-nous tous les ingrédients (croyances, valeurs, appréhensions...) qui nous définissent ou pourrons-nous la considérer comme une parenthèse constituée d'événements, pourtant apparemment anodins formant exceptions ?

En lisant « Périple », cet ouvrage de mon ami Éric Barberi, nous nous rendons compte que nous sommes et demeurons fidèles à nous-mêmes en toutes circonstances de la vie.

Que nous confiions régulièrement nos réflexions et nos ressentis à un journal ou que nous fassions à un moment donné un travail d'introspection sur une suite d'événements passés, notre mémoire, pour revenir sur une de ces parenthèses, nous oblige à nous détacher de notre moi présent en nous transformant en un observateur. À cette occasion, que remarque cet « auto-reporter » ?

Quelle que soit sa destination, notre train reste sur sa voie où que l'on démarre et que l'on arrête notre reportage.

Cette comparaison avec un voyage en train n'est pas anodine lorsqu'elle s'applique à une tranche de vie d'un auteur qui est aussi un cheminot. Mon grand-père en était un. Alors même que ses engagements politiques et syndicaux semblaient en contradiction avec un sentiment d'appartenance à une entreprise, il était pourtant fier de faire partie de « La Compagnie ». Ses compagnons de route cheminots étaient ses frères et la SNCF, une sorte de grand-tante ou de tutrice pour laquelle, malgré de nombreux désaccords, il avait un profond respect et une grande affection.

J'ai retrouvé cet esprit (de corps ?) tout au long de ce récit : comme un fil conducteur, un trait de caractère, une marque de naissance ou d'appartenance à cette grande famille du rail et comme également d'autres traits (de plume ?) qui prouvent définitivement l'appartenance de mon ami au monde des auteurs. D'un rien, sa mémoire et son talent font un récit dans lequel il transmet des émotions, des états d'âme, c'est-à-dire les clés d'un univers qu'il nous permet de visiter dans les meilleures conditions à travers ses mots.

Ainsi, « Périple » est une parenthèse de vie ordinaire qui devient une histoire à vivre comme peut l'être un film de Claude Sautet ou de Claude Lelouch.

Et en elle sont tous les ingrédients qui font de celui qui a écrit ces pages un auteur... que je vous invite à découvrir.

En voiture !

Edmond Allain

Préambule

Inspiré par ce coin des poètes en gare de Nîmes, où s'échangent livres et tasses de thé, je fus intrigué par les mémoires de Marcel Pagnol, qui par son ouvrage, me poussa à éditer mon premier livre.

Force et passion de ses lettres qui usent mes stylos, quelques pages les illustrant.

Bonne lecture.

Le 14 juin 2014, cela fait bientôt deux ans que je ne sais commencer, ou plutôt quoi noter dans ce livre que m'a offert Antoine au soir de mes quarante ans.

Aujourd'hui, je me sens un peu plus serein que depuis que j'ai ce livre.

J'avais pensé y noter des poésies qu'il me plaît de dédicacer à Bérengère, à un autre moment je pensais écrire ce roman que j'ai commencé un jour où j'étais agacé ; vaste projet que je ne sais si je finirais.

Après ces années, je m'aperçois seulement maintenant des difficultés que m'a coûtées mon divorce.

J'en prenais conscience, mais si rarement et sans lendemain.

Je pense de moins en moins à l'éloignement que je vis avec ma fille.

C'est plus supportable.

Je crois que je n'ai pas joué un rôle de père avec elle.

D'abord avec ces visites au centre après de longs trajets en train, que de larmes versées !

Remplacé par Serge, son grand père, puis par le père de Louis, quelle image a-t-elle de moi ?

J'ai l'impression qu'elle me ressemble pourtant, pas seulement physiquement, mais ce côté timide et à la fois impulsif est un trait de caractère dans lequel je m'identifie.

Il suffit d'avoir des regrets, c'est ainsi et ce qui s'est passé ne pourra être effacé.

Je ne sais maintenant comment agir avec elle, au moment bientôt de partir en vacances, je ne sais si je la verrai.

Il y a peu, je ne pouvais la recevoir.

Depuis quelques mois, je reprends peu à peu les reines de mon existence, et ça commence à me plaire.

Je dois rester positif, je pourrais déjà être mort.

Après un coup de fil de Bérengère, me voilà revenu, elle m'apprend que nous sommes différents, comme si je ne le savais pas, surtout qu'elle a essayé de me dire que notre relation qui était fragile allait se terminer.

Je suis surpris de mon calme après ce message, même si ce n'est pas définitif, comme si je m'y préparais.

C'est vrai que je ne lui ai pas montré un très bon côté de ma vie, mais c'est comme cela que je vivais.

J'ai entamé des efforts avant de la rencontrer, donc, comme il faut positiver, je vais continuer.

Honnêtement, je suis très attaché à elle et je lui dois cet amour qui m'a permis d'écrire ces poèmes.

En les relisant, je m'en rends compte, je l'aime, et il va falloir surmonter si je dois en être privé.

Cela m'aura permis de me rendre compte que le bistrot n'apporte pas ce que je pensais jusqu'alors. Tout en écrivant, je pense à elle en fumant encore une cigarette et en sirotant un petit whisky.

Fin de cet épisode nostalgique, je reviens à Léa, ma fille, qui est promise à un bel avenir.

J'allais terminer la phrase en ajoutant sans moi, pourquoi le serait-il ainsi ?

Sûrement pas demain, ni dans un mois, même dans un an, j'espère devenir son père enfin !

Il me faut encore mûrir, m'endurcir, même si mon âme d'enfant sera toujours présente, je crois, il me faut encore m'affirmer, même si c'est contre nature.

Dans mon travail, je suis en train de le faire, mais l'exigence des responsabilités demande encore plus de disponibilités et de la mobilité.

J'ai tout de même la certitude de réaliser de grandes choses au niveau professionnel, et qu'un avenir plus grand m'attend.

Finalement, tant bien que mal, c'est la seule chose que j'ai préservée, mon job.

Demain, j'appellerai Léa, je tomberai très certainement sur son répondeur et je lui laisserai un nouveau message.

Je dois aussi penser à son anniversaire, le 26 juin, elle aura quinze ans, déjà.

Je vais certainement lui envoyer quelques livres. Studieuse comme elle est, c'est ce qui me semble lui convenir le mieux.

Je pense de temps en temps à sa mère, je crois ne plus l'aimer.

Elle est actuellement en combat permanent avec le père de son fils et me sollicite pour obtenir sa garde. J'ai fait des choses pour la satisfaire, mais ne veux plus m'impliquer. Après tout, a-t-elle eu de la compassion pour moi ?

Sans être dur, je me suis rendu compte que d'autres faisaient plus pour qu'un père voie et éduque son enfant.

C'est vrai que ce ne sont pas forcément de très bons exemples, mais ne sommes-nous pas avant tout des hommes et des femmes.

Au fil des phrases qui me viennent, je m'aperçois que ce livre a trouvé toute sa signification ; une mise au point avec pour seul confident mon stylo et ses pages blanches que je salis de mes histoires, ma vie. Comme si j'avais fini un chapitre, maintenant, il me tarde d'avoir des nouvelles de Bérengère. Je l'ai invité à manger et j'aimerais qu'elle vienne.

Cher livre, je te laisse et je suis sûr que je n'attendrais pas deux ans pour faire suivre ce qui me passe par la tête et ce qui se passe dans mon existence.

Dimanche 15 juin, fête des Pères, j'ai eu droit à un texto qui m'apprend que Léa ne viendrait pas pour les vacances.

Je m'en doutais, mais elle sait qu'elle peut venir, et c'est cela le plus important.

L'an dernier, à la même époque, je ne lui avais pas proposé, j'ai invité mon témoin de mariage, et là, il arrive.

Bon moment en perspective.

Vendredi 20 juin, je suis actuellement bloqué chez moi à cause d'une fracture de fatigue.

Dans 6 jours, Léa aura 15 ans.

Je viens de lui préparer une petite carte que je vais accompagner de quelques romans.

Ce soir, la France doit jouer son deuxième match de coupe du monde. Normalement, je dois le voir avec Bérengère, mais je ne sais où.

Demain, j'ouvrirai mon club d'échecs et je poursuivrai ce roman que j'ai commencé. Demain c'est également la fête de la musique, mais avec ma botte aux pieds et mes béquilles, je pense à me restreindre à faire la fête.

Cette semaine, j'ai vu une assistante sociale afin qu'elle m'accompagne dans mes démarches administratives.

Nous avons rendez-vous lundi chez moi, j'angoisse un peu, mais il le faut.

Aujourd'hui, j'ai une humeur un peu maussade, mais Marina doit passer boire le café et de la compagnie me fera du bien.

J'ai mis la radio, souvent nostalgique, et ça me fait du bien.

MÉLANCOLIE QUAND TU ME TIENS !

Bérengère m'a fait une crise de jalousie, hier, pourtant, j'ai un peu de mal à la comprendre, mais ce n'est qu'un plus, Marina arrive.

Le 27 février 2015, j'ai des pensées qui m'obsèdent, je vois des choses et je ne suis pas ces choses que je crois voir, je me souviens de ces folies qui m'ont coûté l'enfermement et la clinique.

Je crois aimer Bérengère, mais suis possessif, la venue de ma fille dans le sud me donne des responsabilités énormes par rapport à ce que j'ai dit sur elle.

Je ne ferai pas ce que j'ai dit contrairement au jour où je l'ai découvert, cette pensée m'a fait détester mon image, aujourd'hui, physiquement, je ne me plais pas.

J'ai un lumbago et je suis fatigué, pourtant, je dois continuer et avoir la force de mes opinions.

Livre, je te laisse pour ranger mon appartement.

Le 13 mars 2015, aujourd'hui, je commence à devenir un homme, j'ai peur.

Un grand homme a dit que l'avenir est aux femmes, je ne sais plus exactement la citation.

Je vois des formes dans le ciel, en contre-jour avec les nuages, j'ai vu des animaux, notamment un ours polaire, je me souviens également avoir vu les restes de la banquise.

Aujourd'hui, j'ai délaissé mon travail pour m'occuper de ma vie personnelle.

Je me sens isolé, mais j'ai réussi à communiquer malgré tout.

Je crois que mes pensées s'agitent lorsqu'il y a trop de bruit, le calme m'apaise.

L'argent nerf de la guerre, le sexe qui me hante, cette image du diable que je reporte sur les gens.

Je me sens emprisonné tout en ayant le sentiment d'être libre.

LES FEMMES ONT LE LOURD FARDEAU DE PORTER UN ENFANT.

Les hommes doivent les aimer plutôt que les frapper ou pire.

C'est ma conception.

Il faut être ferme parfois, mais avec le regard.

Je décris là mon impuissance.

Tiraillé d'une jeunesse où la violence dont je crois me souvenir était présente.

J'en garde pourtant de bonnes expériences, c'est ma façon de croire que dans chaque personne, il y a du bon.

On ne peut faire confiance cependant à n'importe qui.

Aujourd'hui, on m'a dit que tout le monde était un peu raciste.

Que faire, alors que les esprits et les meurs évoluent ?

Moi, c'est en écrivant que je me livre et me libère.

Ces religions qui s'opposent dans mon esprit avec pour témoignage la place de la femme, la mère, la fille.

Je pense ouvrir une bouteille de vin que j'ai achetée à Cascastel-Les-Corbières.

De cette aventure dans le Narbonnais, j'en ai fait un dessin.

Des dessins que j'aime à illustrer par quelques phrases qui selon l'interprétation et l'orthographe ont plusieurs significations.

Samedi dernier, j'ai pris plaisir à les présenter à d'autres peintres qui semblaient apprécier ma façon d'expliquer ce que j'y voyais et comment j'arrivais, à travers une simple pierre ou un bout de bois d'arbre, à commenter mon appréciation.

Pour en revenir à la vie quotidienne, les élections du 22 mars approchent.

Pendant ces années d'errance, j'ai essayé d'aider à ma façon ; invitant des sans domiciles fixes, étant également bénévole pour une association.

Aujourd'hui, je donne encore de temps en temps de cet argent que je ne me sens pas fier d'avoir gagné.

Et lorsque je fais abstraction de ces doutes, je crois les mériter.

Aujourd'hui, Léa, tu n'es plus une enfant, de ne pas t'avoir vu grandir me donne des regrets, et pourtant je n'aurais pas su avoir de la fermeté.

Je n'ai pas eu envers toi ce que j'ai pu vivre dans mon enfance.

Les écrits restent, les paroles s'oublient.

Je dois encore lutter pour notre liberté.

À demain, cher livre.

Aujourd'hui 14 mars 2015, je suis allé au club, j'ai continué mon livre et repensé au livre que j'avais commencé qui m'a donné des envies d'ouverture et de voyage.

Je dois commencer à penser à mes vacances.

Quelques détails à régler, pour tracer mon itinéraire.

Plus que Paris, Lille où je dois aller à un salon du ferroviaire.

Certainement l'opportunité pour moi de concrétiser mon petit roman, écrit déjà il y a quelque temps.

Aujourd'hui, j'ai également recopié sur mon ordinateur portable les textes retraçant mes émotions passées, je crois avoir fini le second livre « Désirs ».

Le soleil était au rendez-vous, je vais encore lutter.

« Infatigablement épris de ce corps dont tu caches le contour, la douceur cruelle m'obsède, tu captes mon énergie et vide mes esprits. Ton agacement m'accorde de la colère que je ne laisse rarement échapper de peur de t'effrayer, ta colère m'encourage à devenir un homme, mais mon cœur est resté enfant.

CETTE FOLIE qui me perd à la raison épouvantable de l'anti-cauchemar dénué de ton corps qui a dévasté mes songes les plus fous. PRÈS DE TOI, avec toi ou toi en moi, je détiens le rêve charnel d'un acte partagé dont nous prendrions plaisir. Mon chemin à venir est contre toi tout contre toi, folie partagée la patience apprendra aux rêveurs la réalité. »

E. B

Le 15 mars 2015, la pluie est enfin venue, j'ai déjeuné, oublié de prendre mon bain, mis mon plus bel apparat du dimanche pour aller à ma place Montcalm, seul.

Les gens allaient bon train, j'ai acheté une plante qui m'était destinée, j'ai pris une baguette et un croissant chez la charmante boulangère.

Malgré mes angoisses, je suis resté épargné, suis parti ensuite en direction inconnue, j'ai pris ma voiture, une Citroën bleue, puis ai traversé Nîmes.

J'avais en tête de rendre visite à la maison que j'avais fait construire, ayant peur de déranger les propriétaires actuels.

J'ai emprunté le pont Saint-Nicolas qui d'ailleurs a été récemment endommagé et est en réfection.

Au lieu de prendre à gauche, en direction de Russan, j'ai poursuivi mon évasion vers Uzès, où je me suis souvenu du projet d'André Alberola, de créer un musée en hommage à Paulin Talabot, qui a amené le train en Lozère, et plus particulièrement à la Grand-Combe, pays où résident les parents de Delphine.

André, tout au long de sa vie a accumulé des outils appartenant aux différents métiers, aujourd'hui méconnus des enfants et des nouvelles générations. Ce que j'apprécie chez cet homme c'est sa passion, lorsqu'il parle de cette mutation des outils permettant la production des différents moyens de concevoir.

Il a créé un musée « la maison des métiers » à la Grand-Combe, pays minier construit il y a près de deux cents ans (il saurait mieux l'expliquer), juste en face du musée des mineurs. Il m'a conté que le train fut amené pour distribuer, via ensuite par bateaux l'Europe entière. Quelle conquête !

Il stocke énormément de livres. La pièce où était enfant Delphine, sa fille, est destinée à cette documentation qui lui permet aujourd'hui d'être chargé également de restauration d'églises avoisinantes à la Grand-Combe.

Je me suis pour ainsi dire invité et ils m'ont très bien accueilli.

Noëlle, son épouse, m'a offert du vin, qu'elle avait gagné au loto.

Ce loto qui m'a, un instant, fait penser à mon enfance, où mon père nommait et ma mère gagnait. Il m'arrivait de gagner aussi. En pensant à cela, j'ai toujours cette radio, rouge et noire, que j'avais gagnée en « gros lot », je la regarde furtivement, elle est masquée par un dessin fait par un peintre de rue, comme j'aime à appeler, un appareil photo que je n'ai jamais utilisé et un boulier chinois, une des premières civilisations à apprendre à compter ; satanés chiffres !

J'en reviens à ce repas dominical, dans une maison fraîchement restaurée, la cuisine modeste, mais d'un vert attirant.

Dans le four mitonnait une grosse saucisse, spécialité, à base de choux accompagnée de pommes de terre, j'allais oublier en entrée, une soupe de légumes tout en échangeant sur les enfants, dure tache que l'oubli.

Après ce repas conclu de tomme de Lozère et de roquefort, et la visite de leur demeure, j'ai demandé à André de me donner une feuille afin que je rédige un courrier pour ce musée, il s'est empressé de me dire que ce serait pour la postérité, mais en ce moment et comme je le disais la veille, je veux faire et créer est mon vœu.

Ce courrier un peu bâclé, je le reprendrai demain à l'ordinateur afin de le remettre au responsable du musée de la SNCF, au dépôt, afin que cela aboutisse.

Au départ, ma motivation fut que ce musée soit porté par moi, on me l'a demandé, et j'en prendrais soin.

Mes préoccupations sont d'un tout autre d'ordre, mais le rêve est si paisible.

J'ai fait une halte pour boire un peu de vin, en écoutant La Callas sur un CD prêté par Patrick, il y a plus de dix ans.

En repartant de chez eux, un peu calmé, je ne savais que faire toujours pris par ces envies de grandeur et de prison, alors j'ai déposé cette plante chez Bérengère, ma façon de la remercier.

Je suis rentré ensuite chez moi en espérant voir le match de rugby France/Italie. Là encore, mon tiraillement m'a poussé à ressortir.

Je suis allé à la maison du théâtre et de la poésie, rue Sergent Triaire à Nîmes, où se jouait, ou plutôt le responsable interprétait « j'ai jeté ma grand-mère dans le port de Marseille ».

Cela m'a fait sourire, je me suis pensé, c'est de l'autodérision.

Ce qui m'a poussé à y aller avant tout c'est de pouvoir y laisser mes textes, et qu'ils soient mis en scène, tout au moins qu'ils soient contés.

C'est là où j'ai également participé à un concours de poésie, avec le poème écrit pour la mère de Léa, que je lui ai d'ailleurs donné lors de sa venue.

La compagne du responsable, je crois, Mme Antagnac, a pris mon recueil et m'a servi avec attention, elle avait aménagé la pièce du haut destinée à la fin du spectacle à la réception, où l'on peut échanger tout en partageant un bon verre.

Comme à mon habitude, je suis resté réservé, observant et écoutant.

Tout au long de cette découverte tamisée, j'ai le souvenir d'avoir vu le nom de Prévert, auteur qu'il me faut redécouvrir. Le problème c'est que je commence à ne plus me rappeler de tout.

Comment d'ailleurs se rappeler de tout puisque chaque instant est bon à vivre, même seul ?

Cet endroit me fut conseillé par un chauffeur de taxi nîmois, qui vient de changer son vieux tacot.

Une fois rentré, je te rejoins mon livre, mes pensées sont diverses, ce que j'apprends c'est l'estime de soi, Liliane dirait l'affirmation de soi, moi c'est un vaste programme.

Cela me fait penser à mon second livre que j'ai appelé « Désirs ».

Aujourd'hui, j'appellerais mon troisième livre « Intimités », en sachant que dans mon second livre, il existe mon voyage.

Maintenant, il me faut rendre mon travail pour le 20 mars après au passage avoir affronté les docteurs et si elle est prête le 21 à l'occasion du mariage de ma sœur, Aude, nous irons.

Mardi 17 mars, j'ai encore roulé avec pour essentiellement comme musique Julien Clerc, chanteur dévoué aux femmes.

J'ai quasiment terminé ma tournée sur la région Languedoc-Roussillon.

J'ai eu Liliane, Thérèse par texto et Bérengère également qui m'a dit qu'on parlerait pour samedi.

J'ai vu des rapaces, finalement je deviens un peu plus observateur.

À l'approche des élections cantonales, ça se bouscule, ce ne sont que des élections locales, mais je pense qu'elles sont importantes.

Cela étant, il me faut acheter au moins un pantalon et peut être une veste.

J'hésite entre Kiabi et Célio. Si j'ai le temps, j'irai voir les deux magasins.

Je dois également passer à la médiathèque, au garage…

Sinon, j'ai repris ma poésie après avoir « vu », lu les grands poètes depuis le moyen-âge.

Aujourd'hui, j'ai rédigé le poème sur un dessin que j'avais fait sur le logiciel « Paint » : COMBAT.

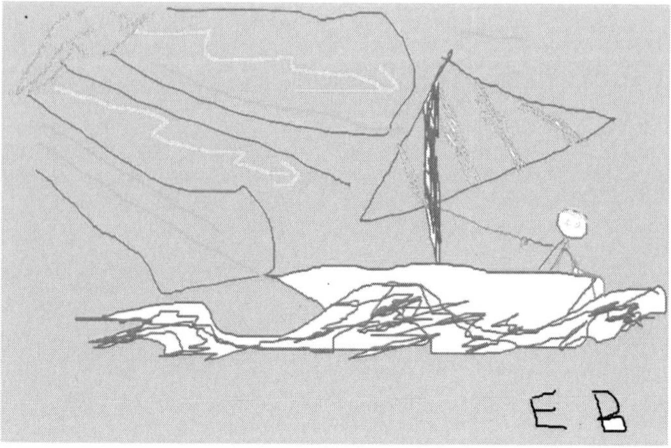

« COMBAT
De ses routes empruntées
Par cette musique dédicacée
Il en finit par perdre la vue
Sans pour autant l'avoir vu,
Elles soufflent sur lui
Et il meurt d'ennui
Il voguait sur sa sirène allongée
Au volant de son char titubé
Au pied d'une source
En pensant à sa douce
La pluie pleurait sur lui
Pour le mener à sa nuit
Avant de remettre ses travaux
Il écoutait ce morceau.
Accompagné par les oiseaux

Faisant fuir les corbeaux
Le petit chien vers lui hurlait
Si frêle il partait.
Il avait passé une journée
Montagneuse et émoussée. »

Il me faut commencer à penser à mes vacances.

Deux échéances professionnelles, et puis je ne sais encore le circuit, le moyen de locomotion sera multiple ; le train, la voiture et peut-être le camping-car.

Rien de bien exceptionnel sur le papier, mais dans la tête, ça y va bon train.

Aujourd'hui 22 mars 2015, je ne m'aime pas et c'est pour cela qu'on ne m'aime pas ; ça s'appelle de l'égoïsme.

C'est sûrement cela, les propos sont de Bérengère. Aujourd'hui, jour de fête de ma fille.

Dans mon esprit et dans ma tête, j'alterne le bon et le mauvais, j'ai une conception de plus en plus limitée.

J'attends Mohamed qui est dans ma nouvelle « Le voyage », comme je le disais c'est avec lui que je parlais sagement, parfois alterné avec ma vanité et je veux lui parler du tableau qu'il m'a offert pour mon anniversaire.

J'ai le sexe qui me hante, finalement je n'étais pas mieux lorsque je buvais, m'empêchant de supporter ce poids.

Bérengère, je ne suis pas capable encore de t'apporter ce que tu veux. LE SERAI-JE UN JOUR ?

Je vais me reposer un peu.

26 mars 2015, je me suis levé, j'ai fumé mes cigarettes, pris deux thés, un aux fruits rouges remarquant au passage qu'il n'y en avait plus, le second au parfum vanille.

Le temps que l'eau dans la bouilloire soit prête, j'ai mis un CD d'une compilation bien ancienne avec les mélodies de Mickaël Jackson, Amel Bent et Lara Fabian, qui au passage intitulait « lettre de rupture ».

Cette pensée m'est venue de ma mélancolie profonde à la suite du rendez-vous décevant de la veille avec Bérengère où je n'ai osé l'embrasser, de peur encore une fois de l'embarrasser.

Puis, je prends un bout de pain tranché de campagne un peu dur qui me restait de la veille, je crois.

Je prends également le dernier Kiri de la boîte humide rangée dans le frigo pas encore dégivré.

J'ai ensuite pris mon bain avec les sels que m'a offert Bérengère, l'eau était intermittente tout comme mes idées de grandeurs au matin du premier jour de mes vacances.

La destination du jour était Lille, salon international du ferroviaire, moi qui supportais si peu les réunions.

Dans ma tête, tout se mélangeait.

Quelle attitude adopter vis-à-vis des gens, vis-à-vis des différentes couches sociales, de l'origine de ces personnes qui m'entouraient ?

Mon sac, je l'avais préparé la veille au soir, ne connaissant encore les destinations futures, j'avais pris un peu de rechange ; mais je voulais remettre ce costume du jour du mariage.

Jour où avec Bérengère, nous avions écrit un texte à deux sur le même thème.

Ce texte parlait à la fois de la journée du mariage de ma sœur et de mes émotions lorsque j'écris. Je l'ai intitulé « les mariés » et Bérengère « les noces de printemps », car c'était le 21 mars. « Le 21 mars 2015

Le jour du printemps sous un air de pluie, jour où ma sœur se marie, je m'engage donc.

Elle portait une belle robe vaporeuse et semblait contente !

De ces gens entourant emplis d'alcool, les femmes étaient belles.

Le crépuscule venu, la fête commence à prendre fin et chacun regagne sa maison avec son quotidien.

Elle portait des paillettes dont j'ai pris quelques étoiles, une ambiance particulière se dégageait de ce bar ordinaire.

L'ivresse d'un port, le banquet à l'extérieur et nous avec mes sœurs.

La photographe qui a pris soin de distinguer les groupes de personnes a notamment pris une photo de nous deux avec mon père et sa compagne.

Le petit garçon avec son costume noir qui souriait devant sa mère !

Bérengère avait sa bague au doigt, les pendentifs aux trois ors et le collier du nounours à la croix,

Eh oui tous les cadeaux de l'ours dévorant

La nuit recouvre progressivement les toits et les rues.

Ils achèvent ce jour inaugural. »

Revenons à ce matin, avant de prendre ce bain, j'avais pris soin de préparer quelques rasoirs et ustensiles, puis en me rasant, je m'admirais.

Afin de me trouver plus avantageux, j'enlevais quelques poils entre mes sourcils et ainsi je pus me délasser dans mon bain.

Le temps me pressait pourtant j'étais en vacances.

Sorti du bain, le temps s'accéléra m'obligeant à bâcler quelque peu mes bagages.

Aujourd'hui Lille, donc pour ce salon international, je m'interromps afin de décrire l'ambiance qui m'a donné l'envie de reprendre mon livre.

Je suis en première classe, place assise isolée numérotée 14, comme le Roi-Soleil ou comme dans mon enfance l'homme fort, lors de ces lotos où l'on gagne quelques fructuailles et surtout où l'on s'applique à recouvrir ces numéros de petits grains de maïs afin de les faire disparaître.

Ces cartons composés de trois lignes comportant chacune cinq numéros.

Lorsque la ligne est complète, l'on a gagné.

Pour en revenir à ce train et cette première classe, je suis de face et en direction de la ligne de chemin de fer, juste face à moi un siège légèrement de côté de manière à invitation.

Sur la gauche une femme blonde qui alterne songe et somnolence, recouverte de son blouson noir et strié.

Elle a à ses pieds des bottines avec la fermeture éclair entrouverte, elle regarde vers l'extérieur.

Après avoir revêtu ce costume, je pars donc à la gare, avec mon sac encombrant et assez lourd à la main.

Le train, dont je n'avais pris l'assurance de réserver, m'obligea à partir plus tard et je devais donc passer par Paris.

Une fois l'embarquement réalisé, je me mis à lire et ce que j'en retiens c'est le titre « une autre vie », un passage sur la nature, les oiseaux, les cimetières, les églises, l'histoire d'un prêtre et une histoire d'amour ; je crois que la passion amoureuse c'était le livre de la veille de Levy « Et si c'était à refaire ».

Ce récit parle à la fois de meurtre et de cet amour que l'on croit ou non.

Chaque fois que j'interromps mon écriture, j'observe cette femme qui se trouve tout à côté de moi.

Elle porte une bague au doigt, elle doit être prise et amoureuse.

Elle prend maintenant son téléphone et d'un sourire tapote dessus.

J'ai essayé de lui demander son prénom, mais j'ai pris soin de lui décrire ce que je faisais.

Elle semble étrangère.

Ce matin, donc, en gare de Nîmes, après avoir acheté mes cigarettes au café des fleurs, en attendant mon train qui était annoncé sur une voie puis ensuite sur une autre, je pensais que je n'avais rien pris à boire.

Tout en songeant à ce que j'allais découvrir et à l'accueil des gens autour, je pris le TGV 6204, départ à 7 h 54 et arrivée théorique à 10 h 46 à Paris, gare de Lyon à la place 41.

J'ai remarqué une femme qui me fait penser à Pascale, une ancienne adjointe à mon chef d'agence, un certain Denis.

Je crois avoir vu son nom figurer au salon à Lille.

Pendant le trajet, je me suis octroyé un café au wagon-bar, bataillant avec mon téléphone portable pour essayer de réserver un hôtel.

Arrivé à Paris, je demandai à Pascale si c'était elle tout en lui disant que j'allais au salon, elle me répondit qu'elle se rendait à la direction afin de récompenser un de ses anciens agents.

Je suis donc à Paris, je demande à quelques gens ma direction, et les gens, aimablement, soit ne savent pas, soit m'indiquent comment me rendre à la gare du Nord.

Arrivé au TGV, un agent d'accueil sympathique, de couleur noire, me laisse monter, avant qu'une femme, également hôtesse d'accueil, le rejoigne. Comme j'avais allumé une cigarette, l'agent dit à un autre passager de regarder le panneau en lui disant qu'il avait fait son boulot, je me suis senti coupable à nouveau.

Je crois que j'arrive en gare de Lille, que vais-je encore découvrir, cette industrialisation qui se développe avec cette technologie grandissante, que vais-je dire, leur dire penser à moi pour penser aux autres, est-ce possible ? Je vais encore le découvrir.

Arrivé en gare de Lille Europe accueilli par Philippe, mon ancien chef d'agence, à 12 h 48, nous rentrons dans Lille avec une première angoisse. Il me rassure très vite et nous prenons la direction de Lille Flandres, gare plus récente et moderne qui est dans la modernisation des nouvelles générations technologiques. Enfin c'est plutôt l'inverse, car Lille Flandres est composé de briques rouges et est en cours de restauration, mémoire défaillante !

Après une brève visite guidée par Philippe, nous nous rendons aux trois brasseurs, Pub à bières où Philippe prend un plat typique et moi une choucroute de la mer.

Au fur et à mesure de notre discussion, l'agitation était grandissante, même Philippe semblait perturbé, nous avons pris un apéritif sans alcool, un petit cocktail ; un Carioca, du même nom que celui que j'avais retrouvé dans un des livres lus auparavant. Philippe ne semblait pas pressé de se rendre au salon. En revanche moi, cela m'excitait.

Après avoir trouvé un hôtel, où je me trouve en ce moment même à rédiger, laissant ce sac trop lourd et peu élégant, nous partîmes au salon international ferroviaire 2015 en France.

Je pensais découvrir des choses que je ne savais pas ou les confirmer. Pas de colloques, pas moyen de dire ce qui m'a poussé jusqu'ici, de découvrir quelque chose que l'on ne saurait pas afin de pouvoir exprimer mes ressentis.

Je commence donc cette visite avec effectivement des stands différents les uns des autres avec des particularités et nationalités également différentes.

Le premier stand où je décidai de consulter une revue était celui d'un groupe qui concevait des appareils terminaux pour, notamment, les lignes de tramway.

Me voyant m'y intéresser, une charmante « Solène » m'expliqua ou essaya de m'expliquer (une chose qui m'interpelle) le phénomène électromagnétique ou plutôt les ondes permettant l'échange pour les moyens de communication modernes, tout comme avec ces téléphones portables.

Elle me parle de phénomènes électriques, m'évoque les différences de potentiel, bases électromagnétiques.

Au fur et à mesure de ces explications, je sens comme un désir et elle, qui à travers ses yeux sourit, et je la trouve belle, puis je baisse le regard et la remercie.

Elle me dit de retenir l'attraction, elle précisa l'attraction terrestre, me voilà troublé et me remets à déambuler dans ce salon vivant qui me change du mien.

Puis je m'arrête à un stand tenu par ce groupe qui fabriquait des éléments plus palpables tels que vérins et leviers distribuant ainsi les trains et autres éléments métalliques.

Puis je m'arrête au stand qui m'a fait parvenir l'information de l'existence du salon ; je me présente sans trop de fioritures, puis demande à l'hôtesse comment cela est organisé et pour qui. Elle prit soin de me dire que cela prend énormément de temps, je poursuis en lui demandant si cela rapportait beaucoup d'argent et elle acquiesce.

Pensant avoir autre chose de plus concret, je repartais fumer une autre cigarette, après cette pause, seconde partie du salon où là je ne voulais pas être venu pour rien.

Flânant, je m'arrête à un stand où la normalisation est de rigueur et ce n'est pas nouveau ; un responsable me parle d'une norme sortie depuis peu, qui avait pour obligation, encore, d'adopter la rigueur qui empêche les artisans de pouvoir travailler avec des moyens limités les empêchant de rester sur le marché du travail sans être obligés d'être sous-traités.

J'enchaîne donc avec le stand suivant où le groupe « Gonzales », un peu de publicité au passage, qui a son agence mère à Estrablin et qui a une usine en Roumanie m'invite à m'asseoir.

La discussion alla très vite, Mr Braun et Romain… avaient deux personnalités totalement différentes et pourtant si identiques, se jetant quelque peu la balle.

Ils me demandèrent la raison de ma venue, ne sachant trop quoi répondre, je les écoutais sur l'évolution de leur société et de leur structure, jusqu'à cette brochure qu'ils me laissaient.

Les arguments habituels, que l'on peut retrouver sur un curriculum vitae, un peu d'humour, une solide réputation grâce à leur savoir-faire, à la qualité de leur service, leur flexibilité et la réactivité.

Tout en l'écrivant, c'est un peu le slogan de ces années où l'inconscience, que j'ai encore, était ma devise.

Parenthèses écartées, c'est un groupe concepteur, constructeur et intégrateur d'équipements industriels pour de grands clients internationaux.

Nous avons donc parlé de cette réglementation qui créait d'autres emplois que l'homme ne fait plus, générant des capitaux, à leurs yeux justifiés.

Plus je les écoutais et moins je ne pouvais penser sans absorber leurs paroles, quelques arguments lorsque je parlai de politique, et c'est là que je sentis que j'avais du poids et qu'on me complimenta d'ailleurs, car j'avais de l'écoute, visiblement chose qui ne se faisait plus.

J'étais alors satisfait, puis leur parlai de projet de livres. Ils me demandèrent le thème, celui-ci prenait de plus en plus forme, grandissant autant par sa longueur que par mon ouverture.

Je laissai mes coordonnées ainsi qu'ils me donnèrent les leurs et conclus en faisant un parallèle avec ce Romain, un jeune patron de bar au sujet duquel je me demandais si je l'avais formé ou déformé !

Mon esprit était de retour à Nîmes.

Après avoir fait en revue tous ces stands ; j'allais oublier un stand où était un Italien qui comprenait quelque peu le français. Je voulais l'entendre parler italien, la seule chose qu'il me dit ce fut « arrivederci » en me précisant qu'il était de Florence, au nord de Rome, ville romaine comme Nîmes, et où est basé le Vatican.

Avant de quitter le salon, je voulais savoir où était donc la SNCF, ou du moins le groupe SNCF.

Je retrouvai à l'entrée du salon un organigramme sur lequel était affiché ce que je pensais, le directeur était nommé par l'État. Comme je le disais, le nerf de la guerre c'était l'argent et la politique.

Je me souviens du projet industriel que j'avais commenté dans mon mémoire (lors de mon examen de chef de district). J'avais conclu que ce n'était qu'une déclinaison de projets. Il faudrait que je retrouve cette formulation qui m'avait valu les éloges de mon premier chef d'agence.

CI-DESSOUS, le début de ce mémoire me permettant de réussir cet examen.

A *PRÉSENTATION DE L'ENTREPRISE*

1 – La SNCF

A : Historique

D'origine britannique, les premières lignes de chemin de fer sont mises en service en France au début du XIXe siècle.

Les premières voies ferrées ont été construites en 1827 de Saint-Étienne à Andrézieux, pour le transport du charbon avec une traction animale, puis en 1830 de Saint-Étienne à Lyon avec l'apparition des premières locomotives à vapeur.

Pour les voitures voyageurs, celles-ci ne feront leurs apparitions qu'en 1832.

REPRISE LORS DU SALON DE LILLE

Les colloques à l'eau, les débats, mes points de vue à oublier ou pas, j'avais compris des choses et il me fallait après penser à me distraire, je quittais donc le salon ferroviaire avec un peu moins d'interrogations.

Philippe me rejoignit et me montra alors une partie de la ville de Lille où se mêlait toute la population ; les jeunes plutôt actifs et souriants, les quelque peu qui travaillent afin de satisfaire une économie qui pour un régime avantageux les obligent à ne se soucier que de leurs labeurs afin de ne pouvoir ou si peu de plaisirs, résultants de leurs économies, une fois déduits des impôts.

Puis avec Philippe, nous primes plaisir à aller dans ces grands quartiers Lillois, une halte au fameux

Carlton de Strauss-Kahn, juste une photo devant, cela me faisait sourire un peu.

Puis une gaufre chez Meert, qui d'après Philippe était la crêperie la plus réputée de France ; pas de quoi être rassasié et afin de conclure mon chemin de croix, une boutique chic avec une table assez originale, mais au prix exorbitant et tout cela à la vue de cette jungle que j'aime tant pourtant ; la foule.

Je dois dire que les mendiants m'ont toujours affecté et le sachant, je ne peux désormais que les saluer, je pense que cela est déjà généreux.

Mon lot de consolation depuis ce passage dans Paris où je reviendrai avant la fin des vacances, c'est sûr, mais mieux organisé.

À la fois comme Anne Franck, lors de la guerre, à Amsterdam, où réside son musée, je mène le mien, mon combat, qui se trouve dans mon second livre « Désirs ».

Le sommeil me gagne.

Nuit assez courte, je me levai en allumant une cigarette, puis, après les commodités d'usages, décidai d'aller donc balader. Je ne savais quelle destination prendre.

Jusqu'au petit déjeuner où je décidais d'aller où Philippe m'avait indiqué. Mes douleurs physiques s'installent.

J'ai retiré de l'argent, mais il faut que je fasse mes comptes.

J'ai oublié ce fameux code internet permettant de visualiser la situation des opérations à Nîmes. Cela m'aurait permis d'avoir une vision des dépenses au plus juste QUOTIDIENNEMENT.

AH, l'organisation, prendre son temps, prendre le temps !

Départ de l'hôtel avec le plan de la ville, je trouve que finalement avec juste une carte je me suis bien dirigé, j'arrive donc au fort Vauban, citadelle en forme d'étoile ; les abords.

Le 28 mars 2015, arrivé à Lyon, mon intention était d'aller à la tour « le crayon » afin d'obtenir un rendez-vous avec le directeur pour ma demande d'augmentation, puis j'ai renoncé, car c'était vendredi 16 h et Alain me rejoignait, un ami d'enfance que j'ai dû également détourner.

On prend le métro jusqu'à l'arrêt Jean Jaurès, l'homme libre à mon sens, cela m'a fait penser à Nîmes et son avenue Jean Jaurès, là où avant se trouvait un manège avec un clown en haut.

Nous nous dirigeons vers l'appartement d'Alain rencontrant une population désormais fréquente en France, diversifiée.

Arrivé chez lui, je m'aperçois que son appartement est dans un état plus délabré que le mien ; ce qui me donne espoir.

Puis je fais appeler Yann pour passer la soirée entre « amis ».

J'avais plein d'intentions, mais j'étais angoissé.

On prend son véhicule, une Golf noire, lui qui avait un vieux C15 aménagé avec lequel il partait parcourir le pays.

Je lui demande ce qu'il en a fait et il me répond qu'il l'a cédé depuis trois jours.

Nous voilà donc partis en voiture, j'avais retrouvé un chauffeur.

Il me dit avoir arrêté de boire, mais soudainement lorsqu'on évoque cette idée je pense à boire. Encore une de mes addictions, mes manques.

On parle quelque peu du salon ferroviaire, mais sans plus.

On parle de la grève qui a eu lieu, pourtant je n'ai rien vu à la SNCF, j'y pense.

Mon sac déposé à l'arrière de son véhicule encombré de tas d'outils et objets de nettoyage, quel contraste, je passais d'un monde à un autre.

En chemin, un peu de musique nous accompagne, musiques mélodieuses, légèrement Jazzi.

Alain roule assez rapidement et use du klaxon, de temps à autre. Il est pressé et ne laisse pas passer une personne âgée au passage piétons.

Enfin arrivé chez Yann, je le vois à travers la vitre faisant la vaisselle qu'Alain aurait laissée la veille.

Je frappe à la porte, le salue et une envie m'envahit de préparer à manger, mais rapidement ils me parlent d'une partie de poker. Je ne voulais plus jouer mais je cédai en contrepartie d'avoir le plaisir de cuisiner.

Nous voilà partis à Carrefour à Givors. Début d'une ligne de chemin de fer qui se termine à Grezan à Nîmes, une ligne de fret… Cela me fait penser que le transport de marchandises aurait quelque peu repris.

Arrivé dans le Carrefour, je vois des plantes à l'entrée du magasin, je voulais en prendre une pour l'offrir à Yann en guise de remerciements pour son accueil que j'avais imposé.

Puis circuit habituel dans le magasin désormais avec quelques remarques d'Alain sur les fraises au mois de mars, certainement réalisés sous serres. Mars, mois des fous, dit-on, également le nom d'une planète.

Étant quelque peu angoissé, je bâcle mes courses m'étant habitué à inviter et leur impose mon maigre repas habituel et puis direction rayon alcool, je ne voulais pas, puis je prends une bouteille.

Je voulus prendre une bouteille de grande marque, mais le prix était onéreux. Je me suis alors rabattu sur un Bandol, ayant si peu de connaissance en œnologie, j'écoutais Alain me décrire comment choisir un vin.

Le 30 mars 2015, passage rapide au bureau afin de récupérer le lien où se déroule la conférence à Paris. C'est à la place Vendôme à l'hôtel Évreux. Retour à Nîmes, je mange au restaurant au Mas Roman à St Césaire, puis vais boire un café chez Lili.

Je me décide de rentrer chez moi pour préparer mon nouveau départ.

Le dimanche, j'ai vu Léa. Toujours aussi jolie, elle était avec sa grand-mère. Sa mère quant à elle n'est pas restée lors de mon arrivée.

J'ai montré Bérengère de loin à ma fille.

J'ai également donné les clés de mon appartement à Léa et lui ai juste dit de bien travailler, j'étais heureux.

Hier en rentrant chez moi, l'appartement d'à côté était en travaux.

Une famille marocaine qui restaurait l'appartement pour leur fille qui voyage beaucoup apparemment.

J'ai pris le café chez eux et je leur ai offert un dessin que j'avais réalisé, il y a bien longtemps, représentant un toréador qui faisait une passe avec le taureau, un dessin que j'avais réalisé à l'encre de Chine.

Je leur ai ensuite prêté un tournevis et des clés allen pour qu'ils puissent monter une étagère, mais ce n'était pas adapté.

Aujourd'hui, j'ai vu la locataire et j'ai cru voir une enfant assise derrière elle.

Elle est venue me remercier de ce que j'avais fait la veille.

Puis me revoilà dans mes préparations pour mon voyage, j'ai mis quelques affaires dans mon sac, pris un thé, fumé deux cigarettes et direction la gare.

Arrivé à la gare, j'étais pressé de partir. Pas de train ou plutôt complet, sinon un autre train avec une correspondance à Lyon. Du retard donc je prends le train direct pour Paris, en demandant à la contrôleuse, bien que le train soit complet, si je pouvais monter.

Après quelques échanges verbaux, elle me dit oui.

Pendant le temps me restant jusqu'au départ, j'avais préalablement parcouru internet et les offres d'hôtels parisiens étaient hors de prix.

Je décidais d'appeler l'hôtel de Nantes qui se trouve à la rue Boulay dans le 17e arrondissement, un petit hôtel où je venais lorsque j'étais en formation pour mon EV9 patrimoine.

Une formation sur le bâtiment et l'électricité permettant d'acquérir un poste plus élevé.

Cet hôtel me fut recommandé à l'époque par Fabien Lutaud qui, je crois, aujourd'hui est à Lille ou peut-être en retraite.

Cela me fait penser qu'hier soir j'ai reçu un appel de Daniel Sciume qui me disait avoir perdu sa mère et qu'il s'occupait de débarrasser ses affaires, une tâche qui lui prendrait quelques jours et m'a dit qu'il me rappellerait.

Sur le quai de la gare, à Nîmes, il y avait énormément de monde, d'ailleurs le train est bondé, le train est actuellement avec un retard de 16 minutes et je suis quelque peu fatigué.

Le 31 mars 2015, conférence organisée par le Moniteur avec de nombreux intervenants.

Des industriels, des entreprises publiques, des participants tels qu'organisme de contrôle qui après échange était au départ de simples associations, également conviés des collectivités et même un sénateur et MOI.

Logé à l'hôtel de Nantes depuis la veille, le séjour parisien est pour l'instant studieux.

Le sujet du jour était les certificats d'économie d'énergie qui peuvent être appliqués aux particuliers, aux collectivités et je crois qu'il n'est pas appliqué à la SNCF.

J'ai également appris que l'on parlait de kilos watt cumat qui représente les économies d'énergie effectuées.

Les énergies renouvelables ne semblent plus d'actualité. Malgré les diminutions de ressources naturelles, le génie climatique semble avoir retrouvé de l'élan.

Je suis en train d'écrire avec à la télé « le cheval de Troie », une guerre pour l'amour d'une femme.

« Comme l'égocentrique Achille, dans le cheval de Troie, qui mélangé aux sauvages ne s'empêchait de pleurer avant de mourir ».

J'ai parlé de Nîmes et du projet de restauration de la ville qui est en cours.

Ensuite, j'ai remonté les Champs-Élysées et me suis dirigé vers la tour Eiffel, je crois avoir eu le vertige. D'en bas, j'avais l'impression qu'elle allait s'écrouler.

L'Arc de Triomphe ne m'a pas paru si grand, la tour Eiffel en revanche commence à être plus conséquente, ce qui m'a inspiré un poème :

LA TOUR ROUGE

Du haut, tu donnes le vertige pourtant vu d'en bas, cette plante qui est restée sans eau s'en est même renforcée sous mon passage entre tes quatre pieds.

J'en tremblais, elle, ses feuilles s'élèvent, son rouge est plus pimpant, ses fleurs se sont renforcées.

Seules les grandes plates et poussiéreuses s'inclinent, tu cherches la lumière ton rouge est vif alors qu'elle est plantée, bien ancrée au sol.

Son assise est pyramidale, son corps est de fer et ébahit les badauds que je fuis.

Sur la partie gauche, vue d'ici, tu t'allonges, frétillantes fleurs qui me fixent, tes six bouquets me la font oublier, elle qui m'a fait trembler.

Pourtant elle m'a guidé vers elle, l'ayant perdue de rues à d'autres.

Elle semblait pourtant haute et mon vertige m'a perdu, je n'ai su grimper en elle.

Toi qui pousses mieux sans l'eau que je m'efforçais à te donner pour ne pas te perdre.

Sous les airs de la cantatrice, je vais te tourner pour mieux t'éclairer ; mon autre vie.

Puis j'ai cherché de quoi boire quelque chose, ai finalement trouvé une brasserie le « 38 », j'ai commandé un Perrier puis appelé un jeune homme qui faisait partie d'une association afin qu'il me commente une brochure qu'il m'avait laissé, après des échanges téléphoniques quelque peu embrouillés, il me suggère de proposer à la SNCF les fameux C.E.E.

Le soleil est de retour à Paris, je vais aller balader avant de peut-être rentrer et partir en voiture, je pense.

Le 02 avril, rentré à Nîmes, j'ai passé ma journée à lire, rouvert des tiroirs où j'ai trouvé les livres de mon enfance, des photos de moi quand j'étais en « fête », plein d'alcool avec des amis de « circonstance ».

Puis j'ai trouvé un cadeau de ma fille qui devait avoir trois ans, j'ai également fouillé dans sa chambre et retrouvé quelques dessins que je me plaisais à lui suggérer.

J'ai reçu un coup de fil du boulot me demandant si j'étais opérationnel pour assumer une astreinte.

Après avoir rangé ma salle à manger, je suis allé au supermarché, rue Charlemagne.

J'ai changé mes habitudes en achetant à la coupe plutôt qu'en rayon, me disant ainsi que cela justifiera les employés, en ces moments de licenciements massifs, toujours pour des raisons de profits aux principaux actionnaires, dit-on.

Finalement, cette journée d'apaisement, un peu mélancolique, m'a fait du bien. Ma solitude, comme dirait Reggiani, m'accompagne assez bien.

En rentrant de Paris, j'ai écouté « une île » interprété par Serge Lama et je dois dire que plus c'est triste et plus ça me renforce à lutter.

J'ai également écrit trois nouveaux poèmes dont un hommage à cette plante qui m'attendait dans mon salon et cette tour Eiffel que je suis allé voir, donc appelé LA TOUR ROUGE.

Des versions interprétatives de le lire semblent intéressantes, tout comme le corps de cuivre où l'on peut faire la comparaison, plutôt le parallèle avec des femmes et des objets :

Le corps de cuivre

Las, bien posé prêt à fonctionner, la fin est évasée et son embouchure argentée à sa moitié, bien sculptée, ces pistons viennent scinder ses courbes bien allongées, les doigts restant allongés.

Quelle envie de te saisir pour un instant de plaisir, tu attires mes envies immobiles et sans bruits.

Mon alliance est trop grande, je reste sans te prendre.

Tes coulisses sont closes, tu me métamorphoses.

Tout autour bien terni, la joie m'envahit, je retrouve le bonheur, à la vue de ta clameur.

Je ne t'avais jamais autant regardé.

Quelle complexité que par tes formes élancées, moi, l'homme, ai pu souffler pour te faire jouer.

Ce soir « blanquette de veau » façon diététique improvisée, champignons frais, carottes, échalotes et morceaux de veau pris à la coupe, j'allais oublier pomme de terre rouge, française de surcroît.

Le 05 avril 2015, dimanche de Pâques, depuis la nuit précédente, j'avais décidé d'aller au Pic Saint Loup.

Après avoir déjeuné, j'ai enfilé mon jogging et pris mes vieilles chaussures de sport noires et déchirées, j'ai acheté mon croissant et pris également une fougasse, j'avais pris avec moi mon sac à dos avec une bouteille d'eau et deux kiwis.

J'ai ensuite pris ma voiture sous les airs de Sardou et pris la direction de Cazevieille, qui se trouve au pied du Pic Saint Loup.

Pourquoi le Pic Saint Loup, car lorsque Léa était enfant, je l'avais emmenée au Mac Donald et après avoir mangé nous avons joué et dans le toboggan que j'avais pris à contre sens, à ce moment-là j'ai aperçu une montagne de cette forme.

Depuis quelque temps, je me disais qu'il fallait que je monte cette montagne.

Cette nuit en relisant un livre de Paulo Coelho, j'apprends qu'il fut également interné, plus précisément qu'il a effectué un séjour en hôpital psychiatrique, ce qui, sur l'instant, me rassura.

Après avoir suivi les panneaux et un peu mon instinct, me voilà arrivé au pied du Pic Saint Loup.

Après quelques hésitations, je me décide à y aller.

Affronter mes douleurs, ma tête, les gens.

Dans la première partie de l'ascension, comme à mon habitude, je partais assez violemment et rapidement.

Je croisais des enfants de très jeune âge, monter sans visiblement de grosses difficultés, j'avais la tête baissée.

Par moment, je me forçais à regarder tout autour. Sur ma gauche, on longeait les sommets et sur ma droite une vue imprenable, mais j'étais plus préoccupé afin de savoir si j'allais arriver au sommet.

Par moment d'excès, je dépassais les baladeurs, le sol était rocailleux, usé par ces marches de nous tous.

Pas de nouvelles de Bérengère, certainement de ma faute, je ne suis pas assez léger.

J'avais pris soin de remplir ma bouteille à la fontaine du village.

La végétation me rappelait la garrigue.

Lors d'une pause, je ramassai une pierre qui brillait sur les côtés.

Je la mis dans ma poche puis poursuivis mon ascension.

Par moment, je pensais également à mon travail et à Léa.

Sur internet, j'avais vu plusieurs indications sur le cheminement vers le sommet, mais finalement je suivais le parcours et les gens.

Je voulais être seul, mais finalement, ces passants me donnaient du courage.

Après la première étape de l'ascension, le chemin redescendait quelque peu avant de remonter et de façon assez accentuée.

Après une pause afin de boire à nouveau, je languissais de manger ce dernier kiwi qui me restait dans mon sac à dos.

Ma veste en cuir que j'avais mise était lourde et m'encombrait.

Je la quittai et essayai de la mettre dans mon sac.

Je sentais mon cœur palpiter et me regardais transpirer.

Puis j'arrivai au pied de la véritable montée finale.

Je fis une pause sur un monticule de pierre, devant moi des gens commentaient soit leurs visions soit l'itinéraire.

Un panneau en bois fléché indiquait le sommet à 430 mètres.

Je me décidais enfin.

Le téléphone sonne, étant d'astreinte, ils me disent avoir solutionné un problème de pancartes menaçant de tomber en gare de Montpellier.

Je démarre donc avec quelques frétillements et les jambes tremblantes.

Puis je m'amusais à compter approximativement les pas, par moment je me consolais ainsi dès un fléchissement en estimant la distance restante.

Au niveau de la moitié, je pense, une dame me dit gentiment que j'y étais presque, cela me redonna une certaine assurance.

Je languissais d'y être arrivé.

Puis enfin m'y voilà.

Sur la droite en arrivant, une bâtisse en pierre, et puis encore des rochers pour être au sommet, sur la gauche cette grande croix métallique avec à côté un observatoire.

Je fais ma pause tant attendue. Mon kiwi et ma ration d'eau, un peu d'accalmie.

Je remis ma veste puis je me rapproche des rochers terminaux.

Autant dans la montée, j'avais l'impression de ne pas avoir le vertige, là, il me gagna, comme une attirance, la peur et l'envie.

Je regardai tout de même et allai même au pied de la croix.

Je dominais.

J'y étais, mais pas seul.

J'engageais la descente qui fut plus facile, et pris même quelques photos, je courus même sur quelques dizaines de mètres.

À près de 120 kilos, je me disais que cette performance était satisfaisante.

Dans un champ en contrebas, je vis un arbre esseulé, ce qui me faisait penser à moi.

Puis me voilà près de ma voiture. Après quelques étirements légers, je repris ma route en sens inverse, tout en m'éloignant je regardais ce que j'avais gravi et cela me rendait heureux.

Je fis une pause à Saint Jean de Cuculles, une tarte aux pommes avec un morceau de chocolat dans un bistrot qui faisait un peu de tout avec des articles de tout ordre, accompagné d'un café allongé.

Au lieu de rentrer par là où j'étais venu, je m'engageais en direction de Quissac, et direction la route de Sauve.

À Quissac, je pris la photo d'un poney qui me tournait le dos.

Deux jours auparavant, Patrick m'avait appelé en me disant qu'il partait bientôt voir ses petits-enfants.

Donc au lendemain de cette aventure, je décidai d'aller lui rendre visite.

Préalablement passé au quartier des amoureux à Nîmes où j'achetais de temps à autre mes cigarettes que tenaient d'anciens cafetiers reconvertis en buraliste.

Mes deux paquets achetés, un arrêt à la boulangerie où je pris une fougasse et je quittai le fameux quartier des amoureux de Nîmes. Je passai par le clos d'Orville, aujourd'hui géré par Vaucluse Logement et anciennement par la SNI, quartier où j'avais vécu à plusieurs reprises dans ma vie nîmoise. D'abord dans la tour, au huitième étage, un appartement que j'avais totalement restauré, jusqu'à mettre du carrelage dans la salle de bain, puis dans la rue Robert Schuman endroit où nous habitions lors de la naissance de Léa.

J'avais également restauré cet appartement grâce, en partie, à l'aide du concierge des bâtiments ; il s'appelait Philippe, comme quoi les prénoms sont pareils aux signes astrologiques et autres coïncidences de la vie.

C'est dans cette même partie que bien plus tard, j'habitais avec Liliane, mais ce coup-ci juste en face.

Après ce retour en arrière, je me garais devant chez le coiffeur, enfin les coiffeuses, où il y a un mois, j'avais pris une carte de fidélité, je regardai les horaires d'ouverture. Une femme qui passait par là me sourit et direction le Mas de Mingue afin de rendre visite à Guy, propriétaire de la cave Camarguaise.

Je repensais à toutes ces bouteilles que j'avais englouties afin d'éponger cette sacrée soif d'ivresse que je n'arrivais plus à retrouver.

Une autre ivresse me contenait ; la solitude, avec ses euphories et ses détresses.

Après avoir salué les trois hommes qui tenaient compagnie à Guy, avec ma petite bouteille « le P'tit Loup » sous le bras, je quittais le quartier, direction chez Patrick.

Je voulais également passer à la boucherie chez « Victor », rue Vincent Faita, afin d'arriver chez Patrick et lui faire plaisir.

Devant la porte, il sentit que j'arrivais et ouvrit la porte franchement en signe d'accueil.

Il me fit entrer et je lui demandai un café, il lui en restait un qu'il me servit.

Après quelques échanges verbaux, je lui racontais les principales étapes de mes vacances.

Je lui dis aussi que Bérengère, le matin, m'avait insulté et traité de fou et que je l'avais remercié.

Il avait un costume marron bien repassé accroché à sa porte de la cuisine, je lui demandais s'il l'apportait au pressing et le coût de la prestation.

Il me renseigna sans me dire exactement le lieu précis.

Je lui parlais ensuite de mon travail et de mes envies de voyage, comme si le fait d'en parler me remotivait.

Entre quelques petits dialogues et échanges, je regardais de côté la télévision où l'on parlait d'une épidémie sur les oliviers qui avait touché une partie de l'Italie, avec les restrictions que ça impose et la destruction de ces arbres pour éviter la prolifération.

Puis je demandai à Patrick de mettre de la musique, il mit une cantatrice de Jazz, mais je voulais écouter des mélodies d'Amérique du Sud suite à une idée nocturne où j'avais découvert un certain Gomez, je crois, Bolivien, et ses chants m'avaient interpellé.

Il n'avait rien dans ce style musical, donc je me mis à fouiller dans sa caisse à musique, une valise, posée à même le sol, ouverte avec tout un tas de CD audio bien rangés.

Je trouve d'abord un titre qui parle de fugue, de la musique classique, on l'écoute, mais cela ne me satisfaisait pas. Donc retour à la boîte à idées musicale et je découvre un titre intitulé « des visages, des figures » de Cantat, l'artiste qui a tué sa copine, il me convainc de le prendre et de l'écouter calmement et que c'était de la poésie.

Je le quittais en récupérant au passage mon écharpe blanche en laine, tricotée par Liliane, oubliée la fois dernière que je croyais avoir perdue.

Je m'arrêtai ensuite chez le boucher et y pris des tendrons de veau, je lui racontai que lorsque j'étais jeune pendant les vacances scolaires, l'été, je faisais l'apprenti dans une boucherie à la Grande Motte et qu'en milieu de matinée, la pause casse-croûte, c'étaient les tendrons de veau, nostalgie quand tu nous tiens.

Après un passage à la fromenterie, où je pris une brioche au sucre, retour à la rue de Générac.

En trifouillant, un soir où le sommeil ne venait pas, je retrouvais cette pipe, acheté à La Havane sur le Boulevard Victor Hugo avec Chantal, ma sirène. Elle avait élu domicile à Carnon, au moins jusqu'à notre séparation.

Je me souviens de nos balades et de cette excursion à l'île du Frioul, en camping sauvage, un mois de juillet, et que la nuit nous contemplions le ciel dans lequel on pouvait voir des étoiles filantes. Je me souviens également lui avoir écrit des poèmes et même réalisé un dessin très explicite sur elle.

Je me plais à refumer la pipe qui doit être de bonne qualité, car elle a encore tout son charme.

Après une lutte « SMSisiène », petite balade avec Bérengère très contre versée, et j'ai été courtois.

À la veille de ma véritable reprise, j'ai comme qui dirait révisé sur mes vacances studieuses, sur un air de Miles Davis, très apaisant.

Elle a oublié une pierre qu'elle avait ramassée, je ne sais si c'est une énigme ou un rébus, mais ce galet est très intéressant.

Il me semble que depuis le Pic Saint Loup, je ne vois plus dans les dessins, mais dans les roches. Après réflexion, cela avait commencé avant ; je pense à cette pierre qui est au centre de mon aquarium, vide d'eau, qui m'avait fait penser à un roi, un lion, un dieu, un ours.

C'est comme si cette pierre me faisait penser, m'obligeant à me concentrer, des écritures comme OU, OURS, Ange.

Puis après avoir lu « Veronika décide de mourir » de Coelho, enfin là où je l'avais quitté, je retrouve cette pierre et là une véritable fresque sur presque 10 cm2, des animaux, mais surtout un paysage merveilleux avec une longue ascension au milieu j'y ai cru voir une femme qui en descendait ou qui venait à la rencontre. Puis en fixant davantage, elle était sur un nuage sous le regard intrigué du loup, tout en bas le motard embourbé, entre le ciel et le sol, l'ombre rouge d'un insecte que je crois avoir dessiné que j'appelais le scorpion ; plus on observe plus l'on aime à regarder même un simple galet.

Le 07 avril 2015, depuis la reprise du travail je me rends compte que cela va mieux, même si l'on m'a remis une demande d'explications, demander de prendre contact avec une assistante sociale et même d'aller voir un médecin.

Pour preuve, j'ai bu un peu de champagne avec Bérengère, et ai même ri des blagues de Bigard, oubliant toutes mes préoccupations.

Je sais que c'est éphémère, mais j'ai pris plaisir à le faire.

Comme si sur l'instant mes envies de grandeur avaient disparu.

Cela fait également trois jours où je bois un peu ; lundi du vin, mardi une bière et donc ce soir un peu de champagne.

Cela étant, c'est peut-être parce que j'ai communiqué, de l'irritation que j'ai formulée, des confidences que j'ai faites, de la soumission et du dialogue pour finir.

J'ai également rangé mon bureau, ce qui m'a permis de constater que je ne faisais pas rien, bien au contraire.

Le 10/04/2015, fin de semaine et fin d'astreinte, malgré les inquiétudes que j'avais, j'ai quitté le travail avec ma voiture bleue sous le soleil. François m'a offert un coffret de vin, après être passé chez Liliane, qui m'a demandé de la sortir un peu, je suis ensuite allé chez le coiffeur.

J'y apprends que la réglementation interdit l'usage des rasoirs, je discute avec la coiffeuse et me dirige à la pharmacie où je récupère mes médicaments.

Puis, je rentre garer mon véhicule, posant mes affaires.

J'enfile ma veste de costume et me dirige en ville en récupérant les CD empruntés à la médiathèque ; La Callas et Caravane Palace. Très bien accueilli, une évidence lorsque l'on est courtois, c'est certainement un avantage, je choisis 6 nouveaux CD d'auteurs inconnus, après avoir visité une exposition de poètes, agréablement surpris par une poète et par son exposition où il me vint l'idée d'innover pour pouvoir séduire, et enfin exposer à mon tour. Puis l'idée de mon livre me revint.

Je quitte la médiathèque et fais un tour en ville en ayant retiré un peu d'argent. Mes envies de dépenser et d'acheter me reprirent. Le sachant, j'évitais de rentrer dans les magasins, puis je me rendis à la mairie pour y retirer mon passeport. Il était prêt.

Je pouvais donc voyager au-delà des limites européennes, puis j'allais en direction de l'esplanade quand je reçus sur mon téléphone un mail de la salamandre, une salle destinée aux expositions.

Comme mon excitation était grande, je rentrai à monoprix pour boire un thé à la menthe au distributeur à cinquante centimes d'euros. Puis le gobelet à la main, je m'arrêtai sur un bloc-notes et des enveloppes en solde.

Je pensais au tribunal, à cet éditeur qui m'avait répondu, à mon travail à la politique à tous ces sujets qui me préoccupaient.

Sorti avec mes achats, la salamandre tardant à ouvrir, il me vint l'idée d'aller dans ce magasin de musique, je me rappelais qu'une fois, après avoir vu un vieux trombone en sale état dans une brocante, je m'étais renseigné sur les prix de divers instruments neufs ou à restaurer. Étant juste financièrement, je n'avais pris que des renseignements.

Au passage, je passai devant le tribunal de justice et y entrai afin d'obtenir des renseignements sur un héritage en cours de cette maison. Je voulais pouvoir y aller avec ma fille ; à Cascastel.

Je repensais à ce matin où en me réveillant, le bracelet avec la pierre que je portais depuis mon excursion pyrénéenne, acheté à Carcassonne s'était rompu, comme si un nouveau signe se mettait en place.

Enfin arrivé au magasin d'instrument de musique, je fixais les différents types de guitares. J'avais envie de franchir un cap, un peu de folie ; je voulais m'en procurer une.

Le vendeur prit tout son temps pour me donner l'envie de me la procurer. Il m'offrit même l'étui.

Il me donna des explications, la guitare que j'ai choisie, la moins onéreuse, possède des cordes en lin.

Elle est de couleur marron, très classique et se nomme « Barcelona ». Je pris également un trépied, au cas où je ne l'utilise pas, elle serait exposée dans ma « cave », mon salon.

Je rentrais chez moi, mon étui à la main, car je devais faire des courses alimentaires.

Le 11 avril, journée commencée par un bon petit déjeuner, un peu de musculation, direction le bain, où j'ai fini les sels que m'avait offerts Bérengère. Puis je prépare mon excursion du samedi.

Passage à Intermarché avec la poissonnière qui ne se préoccupe plus de mon passage, de ma visite.

Achat pour mon club, pour le repas du midi, au menu cuisse de pintade que j'accompagne de radis noir et de concombre, un fromage de Rocamadour, très bon marché.

Il commence à faire chaud et cela me plaît, je me suis pensé quand j'allais courir, « jeune », dans cette période de l'année dans cette pinède de pins poussant dans un milieu marin tapissé de sable à travers ce sentier destiné aux carrossables lorsque parfois j'arrêtais ma course pour effectuer des tractions aux fortes branches des arbres secs, mais robustes.

J'ai enfilé ma veste de costume avec mon jean que je n'aurais jamais cru mettre.

Je me suis arrêté au rayon esthétique, c'est ainsi que je l'appelle, où j'ai regardé les gels coiffants, mais ce n'est pas l'ordre du jour.

Avec mon sac sur le dos, celui contenant les affaires professionnelles et dans la main gauche ce sac de courses, direction mon club d'échecs.

Arrêt au café des fleurs pour acheter du tabac pour cette pipe qui a trop longtemps dormi.

J'ai pris le tabac « fleur du pays », pour un poison son nom est doux, pensais-je.

Arrivé au club, la salle était propre, poussiéreuse, mais rangée. Alors l'envie d'éclairer cette salle me vint, je bousculais les armoires afin de hisser les stores métalliques tout en me préparant le repas et en écoutant de la musique classique.

Pendant le temps de cuisson du plat principal, j'installais un jeu d'échecs en bois, sortis les pièces de façon instinctives et proposai un état, une situation, ce qui m'inspira.

Au fur et à mesure que je sortais les pièces de la boîte en bois, je choisissais ainsi la situation.

Je voulais des rois, des reines, je pris par la suite soin d'observer ; ce qui m'inspira un nouveau texte d'abord intitulé Prémices puis « la partie d'échecs ».

Je sortis le bloc-notes acheté la veille afin d'écrire à l'assistante sociale, puis à l'éditeur.

Je pris soin de m'appliquer puis enfin passa à table.

J'allumais ensuite mon ordinateur, copia alors « la tour rouge » dans ce nouveau livre appelé « Métamorphoses ».

Sous un air de Jean Claude Pascal qui chante c'est merveilleux : les amoureux, d'ailleurs elle me l'a dit, faut-il croire, même elle pensait vivre sa vie avec la même personne.

Comme quoi il en faut peu, cela dépend de si peu de choses, un état d'âme, une humeur, une croyance sentimentale, bref une illusion.

Aujourd'hui, elle m'a comparé à son père puis en fin d'après-midi à Demis Roussos, un Grec.

Nous avons dessiné sur le thème que j'avais choisi « la partie d'échecs ».

Encore en transe, elle me racontait les problèmes communs à tout un chacun, les problèmes que l'on rencontre dans cette société où les hommes et les femmes ne se suffisent pas.

Elle avait mis son survêtement vert pomme, je l'ai embrassé.

Je rentrais chez moi, en pensant que Léa, ma fille, n'avait pas répondu à mon message lui proposant de visiter une usine, contact fait au salon du ferroviaire, de surcroît une usine de dernière technologie.

Une fois rentré, je pris une bouteille de vin rouge, un Costière de Nîmes 2012, puis je regagnai l'escalier en colimaçon, qui menait jusqu'à mon second étage, endroit découvert la veille assis sur la plus haute marche en écoutant de la musique, et pour le second jour c'était déjà comme une habitude.

Avec « le pèlerin de Compostelle » en main, j'entendis de la musique prés de mon appartement, des jeunes de 23 à 25 ans préparaient la féria primavéra de la rue Fresque.

Je ne pus lire sans penser aller les déranger. Après bien des hésitations, j'osai sonner et me présentai en leur disant de jouer plus fort. Le voisin David jouait de la guitare.

Après avoir regagné mon escalier, le voisin David me proposa de me joindre à eux. Au fur et à mesure, et après avoir fait les connaissances d'usage, la folie était là, avec l'alcool et la jeunesse, l'amour, la tentation, la fête.

Il y avait Lola, la copine de David et Morgane, des infirmières marseillaises. Morgane me fit penser à Léa, à qui il arrivait des choses aussi folles qu'invraisemblables.

Cela me fit sourire, que jeunesse se passe.

Puis David m'apprit qu'il était également cheminot et travaillait en gare de Nîmes. Il me dit ne m'avoir jamais vu, comme si c'était évident et cela était réciproque. Enfin, je leur ai souhaité une bonne féria.

Le 14/04/2015, encore un mail de la part de mon chef d'agence sur ce qu'il attend de moi, mais après une discussion avec lui sur ma vision des choses, après dialogue, il a admis sans avoir vu qu'il ne pouvait comprendre ce qui posait problème et que je relevais. Son manque de considération pour les agents me dérange : lorsqu'il est arrivé à l'agence, il a d'abord fait le vide autour de lui avant d'imposer et de faire appliquer ce qui doit être sa feuille de route. Après les épreuves qu'il me fait endurer, j'ai combattu avec courage, je pense, et je dois le voir demain.

Aujourd'hui, j'ai réfléchi sur mon adhésion à la CGT, en pensant aux cheminots que j'ai connus et qui sont maintenant retraités.

Ce travail, finalement, me plaît, j'ai contacté le pôle sécurité après ce que j'avais remarqué ce matin sur le terrain au sujet d'un panneau d'affichage qui était ambigu.

J'ai un peu argumenté attendant qu'ils me répondent.

J'ai intitulé le titre, plutôt l'objet du mail, sécurité et innovation.

Un cas où le panneau indique d'emprunter une passerelle pour aller de l'autre côté de la voie ferrée pour prendre le train. La passerelle est en fait un pont-route avec aucun itinéraire piéton. J'ai également contacté l'expert énergie de notre établissement et nous devons nous rencontrer à Lyon le 28/04/2015.

Dans deux jours, je dois aller voir le psychiatre SNCF, j'hésite à y aller étant donné que j'en connais un dans le privé.

Aujourd'hui, j'ai mangé dehors devant le bureau sur la table.

D'ailleurs, je me suis fait prendre en photo par Julien le jeune qui m'a remplacé quand j'ai quitté le secteur de Montpellier pour le siège de notre agence.

NIMES

Ce jeune Julien qui m'a offert une tasse de Montpellier Hérault, club de Louis Nicolin, que je supportais étant jeune, La Paillade.

Cela me fait penser que je suis également allé les voir presque vingt ans après en Ligue des champions contre un club grec, c'était après leur titre de champion de France, devant le Paris Saint-Germain, fameux club « qataris » qui maintenant domine le football français avec ses stars venues de tous pays. Tout cet argent qui gravite autour du football, pour une histoire de plaisir au départ, ou de compétition.

Vendredi 17 avril : entretien avec le psychiatre qui m'a conseillé de me reposer, après m'être suffisamment mobilisé pour essayer d'avancer mon job, je suis au bout du rouleau.

Et puis ce matin mon père m'a appelé me disant qu'il m'invitait à manger, donc je suis allé à Montpellier, en voiture, et puis en chemin je me suis arrêté à Milhaud pour prendre rendez-vous avec le maire au sujet de mon projet puis à Lunel-Vieil, pour également prendre rendez-vous.

Mon projet commençant à prendre forme, je suis allé au travail en réservant au Zèbre Bleu une table.

Arrivé au boulot, j'étais plutôt de bonne humeur.

Je montrais mon projet à Alain, chef de projet de l'établissement, qui me dit après avoir vu les prémices : « tu as du boulot ».

L'idée me vint de rencontrer le directeur de région.

J'allais l'appelais lorsque mon père m'appela. Donc je le récupérais quelques minutes plus tard devant le marché-gare, puis je l'emmenai au restaurant.

Je choisis une table en terrasse. Mon père voulut prendre un pastis puis nous avons convenu de prendre un verre de vin chacun, lui rouge et moi blanc.

Je commençais à lui raconter ce que j'avais fait depuis le mariage de ma sœur.

Je lui parlai aussi de ma fille, lorsque je lui parlai de l'église il me conseilla de la baptiser.

Quand je rentre dans une église, j'ai une étrange émotion, je lui confie également qu'un jour j'avais voulu devenir pasteur.

Il me rappela Gallargues, village où je m'étais marié, et je lui dis que j'étais entré dans le temple avec ma fille, Léa, à mes côtés.

D'ailleurs le soir même elle me reprochait l'état de mon appartement et je m'engageais à prendre une femme de ménage.

Après le repas avec mon père, je me dirigeais vers le bureau, puis vers la direction régionale ; après quelques échanges avec l'hôtesse d'accueil, je rencontre la secrétaire du directeur de région et nous convenons d'un rendez-vous pour le 24 à 9h 00.

Sortant de cette direction régionale, Thierry BONINI, le directeur des affaires générales, qui m'avait confié des travaux, me dit que j'étais vraiment un filou, un mafieux.

Je lui souris.

Puis retour au bureau, où je commençais à monter mon dossier.

En fin de journée, retour à Nîmes où je découvrais dans ma boîte aux lettres que l'éditeur m'avait répondu et me conseillait en vue de mon ouvrage.

J'étais déçu, mais sans plus, il me conseilla l'encre de Chine pour illustrer mes poésies.

Donc direction Cultura, puis Bérengère n'arrêtant de me crier dessus, me dit de venir la rejoindre, mais j'attendais pour rien.

En l'attendant, j'avais pris un Perrier avec une tranche de citron, juste à côté se trouvait un magasin Célio, je décidai d'y aller.

Une fois sur place, contrairement à mes habitudes, où je choisissais seul mes tenues, je demandai conseil à la vendeuse en lui disant que je rencontrais prochainement le directeur de région et elle me confirma un peu ce que je pensais par rapport aux conventions.

Il me fallait aller au pressing.

Le 21 avril, journée difficile avec Patrick qui vient de partir, je viens de parler de diable, de dieu, de dieux de l'amour, j'ai oublié les fées et la magie noire que m'a suggérée quelqu'un.

Il m'a dit de l'oublier, qu'elle était bien heureuse que je m'intéresse à elle.

C'est vrai que Liliane est bien plus douce qu'elle, mais c'est son corps qui m'obsède, je vois son sexe, sans être sûr que c'est le sien. Comme si je le devinais ou en imaginais un.

Lorsque j'avais évoqué que Chantal m'avait surnommé le dieu de l'amour, Patrick s'est empressé de vider mon propre verre.

Je lui ai dit que parfois je n'aimais plus et avoir l'impression de ne plus m'aimer non plus.

Des envies de suicide, pour en finir que ne vais-je pas découvrir demain.

Avoir des projets, même seul, est mon combat.

Je lui ai dit « le pouvoir c'est le vouloir ».

Il m'a mis en garde pour mon travail, tout en lui parlant, je me suis rendu compte que le travail que j'avais réalisé était tout juste digne d'un étudiant.

Il a alors tenté de me valoriser en me disant qu'elle voulait me détruire. Une lune en forme de croissant est venue nous éclairer, et là mon étoile est venue scintiller. Je vais dormir.

Le 22 avril, après être passé chez le docteur, je constate que j'ai eu une fracture costale après avoir voulu jouer au football avec des jeunes du clos d'Orville, une façon de leur montrer que c'est mieux que les armes.

J'ai passé beaucoup de temps avec Liliane, ça m'a fait du bien et le soir j'ai signé un contrat pour mon ménage, mais également appelé un serrurier pour changer les clés de mon appartement, soupçonnant que quelqu'un y pénètre à mon insu.

Je ne sais plus si je dois aller rencontrer le directeur de région. Christian est venu me voir et m'a aidé pour mon projet.

Aujourd'hui, j'ai contacté l'assurance pour le remboursement de ma serrure puis déjeuné avec M. Brauwn, après lui avoir présenté le projet.

J'ai ressenti chez lui moins d'assurance que lorsque nous nous étions entretenus au salon du ferroviaire. En revanche, il m'a conseillé en vue de mon entretien avec le directeur de région.

Après m'avoir invité à déjeuner, il m'a demandé une faveur de le recommander auprès des différentes activités de la SNCF dans le sud.

Je lui ai rétorqué qu'une collaboration se faisait sur la durée.

Nous avons mangé au Lézard bleu, là où j'ai préalablement mangé avec mon ami Christian. Là aussi, je commence à prendre des habitudes.

Une fois retourné au bureau, j'ai discuté avec le planificateur marseillais qui m'avouait ne pas être aimé, apprécié et qu'il n'aimait pas ce qu'il faisait.

Puis j'ai rangé mon bureau. Me remettant sur mon ordinateur, je reçois un message m'apprenant un décès à Port Vendres où les passages planchés sont peut-être en cause, je l'ai aussitôt analysé et rajouté à mon dossier et proposé un autre rendez-vous.

Le 24 avril fut le jour du rendez-vous avec le directeur de région SNCF, il était accompagné avec le directeur de la communication qui m'a laissé sa carte en fin de présentation de mon projet, le directeur a pris mon projet et m'a serré la main, j'ai été assez concis dans mon dossier, je pense que j'aurais pu mieux faire ou pire, mais je l'ai fait.

Après cela, le directeur national m'a convoqué dans son bureau à Lyon, j'étais tellement énervé que je l'ai trouvé déstabilisé, en fin d'entretien il m'a remis deux avertissements et une convocation pour le médecin.

Je ne suis pas resté à Lyon, mais j'ai dû arriver à Nîmes vers 19h 00, car un mécanicien (c'est comme cela que l'on appelle un chauffeur de train) avait fait trop d'heures et on ne l'avait pas relevé. Dans le train au wagon-bar, un syndicaliste avec qui je m'étais mis à discuter m'a suggéré de m'envoyer le dossier par la poste, je lui ai dit que je l'avais mailé et il m'a dit que cela était une preuve.

En repensant à mon chef d'établissement, quand je lui ai dit de regarder le dossier, il voulait montrer son autorité et n'a pas dit non franchement.

Aujourd'hui, j'ai rangé la chambre de Léa qui devient un bureau avec un lit pliant et le tapis brossé.

Je suis satisfait d'avoir embauché un jeune, via une société de nettoyage, pour m'aider à ranger.

Il s'appelle Fabien et veut rentrer dans la police, je lui ai lu ma poésie et montré mes dessins, il ne voulait plus partir ce qui m'a donné des idées sur une façon de mêler ma passion à l'agréable en contant.

Bérengère est venue au club, j'étais si énervé que je lui ai dit mes quatre vérités. Énervé, car accrochage avec Léa, après m'être accroché avec sa mère, car j'ai parlé de tribunal.

J'ai pris rendez-vous avec la banque pour faire le point sur tout avec ma conseillère sur tous mes projets, et j'attends qu'elle m'aide.

Difficile de se battre contre tout le monde.

Ce matin un tour dans le quartier, finalement je bouge, ce soir après un tour au supermarché, j'ai fait un peu de musculation, j'ai mangé, puis invité Bérengère, sans signe de retour. Je vais boire une bouteille de mousseux en continuant à travailler un peu encore.

Dimanche, petit déjeuner, train pour Montpellier et le Pic Saint Loup que de pleurs lors de la montée sous un temps pluvieux comme si je vidais là un trop plein. Cela fut dur, mais j'y suis arrivé pour la deuxième fois.

Vendredi 1er mai, fête du Travail, à la télévision débat sur le « divorce » Le Pen. On oublie la catastrophe du Népal de la veille où il y a eu plus de 6000 morts.

Je suis allé au boulot, pour un cheminot travailler un jour férié n'est pas courant du moins dans mon service, après être passé à Aimargues faire livrer du muguet à Léa. Je ne sais si elle les a reçues. J'ai envoyé quelques mails à la direction de la SNCF, en leur précisant que j'étais en attente de leur part, en leur précisant que j'étais prêt à me déplacer. Puis je suis parti à la Grande Motte. J'ai déjeuné à la Rascasse, coquillages et queue de lotte, pour terminer une assiette de fromage, le tout accompagné d'un picpoul de pinet.

Puis après avoir pleuré dans les toilettes du restaurant ; je pensais à ce que j'avais rédigé sur ces morts au Népal, j'ai demandé à la patronne si elle pouvait organiser une quête et elle m'a répondu que non, car elle avait donné.

« Pendant que la misère touche l'autre côté de la planète, ici on cherche à prendre son plaisir à travers des plaisirs personnels oubliant ceux qui luttent comme nous pour vivre.

Nous cherchons bonheur, gloire, argent et envies diverses, mêlant la force, la puissance et les vertus d'un monde porté par l'argent en croyant qu'il nous faut prendre du plaisir pour les oublier.

Même eux désirent vivre et vivre ces plaisirs.

Militaires devant montrer l'exemple, le mérite et l'accompagnement, ce soir alors qu'ils fêtent d'autres sont montrés du doigt pour avoir abusé de cet uniforme. Que de dégoût à cet instant où défilent ces images cruelles. Certains, descendant d'un avion, félicités et d'autres images où cet enfant qui a survécu sans eau ni rien à manger qui ne se plaint plus. Les tumultes des informations me font perdre la raison.

Et cette femme qui s'inquiète pour son frère, courant cadavre sur cadavre dans l'espoir et la peur de le retrouver. PLUS RIEN À BOIRE PLUS RIEN À MANGER JUSTE À SE SOUCIER DE RETROUVER SON FRÈRE.

Puis elle le retrouve bravant les barrages des autorités et toute sa peine vient dès lors qu'elle le retrouve mort.

Ce sont ces choses-là que j'ai voulu exprimer à ma fille, épargné tout comme moi.

Je t'envoie ces images, cette lettre tu peux la brûler, moi je la garde. »

Je me suis ensuite dirigé vers la plage, il y avait un peu de monde. J'ai très peu marché jusqu'au manège où j'avais amené Léa, il y a bien longtemps. Au premier étage de ce manège tournant, il n'y avait plus de chevaux en bois comme autrefois.

Je me suis ensuite arrêté au bord de la limite béton/sable et j'ai regardé à l'horizon, puis les gens puis les chiens qui n'osaient entrer dans l'eau.

J'avais l'écharpe blanche en laine, qui était bien longue.

J'ai regagné ma voiture, me suis arrêté à la boulangerie « le friand du roi » ainsi l'ont-ils appelé maintenant. Il y avait Nathalie à qui je demandai conseil pour les gâteaux à amener chez ma sœur Aude.

Après avoir acheté une rose, en guise de muguet, je sonnais à la porte. La joie du mariage était passée. Jeff dormait, ou plutôt était allongé en regardant un match de Football, Théo était avec sa tablette et Aude sur son ordinateur.

Je la trouvai fatiguée et attristée. Elle avait cependant une jolie croix pendue autour de son cou.

Théo ne mangea pas le gâteau aux fruits que je lui avais porté, puis Aude m'offrit un café. Elle me donna une clé USB qui contenait les photos de son mariage, nous discutons un peu, je les embrassais et je repartis. Elle me conseilla de passer voir Léa, mais je n'en fis rien.

Une fois rentré, je me reposai. Bérengère m'appela pour me proposer une fête qui avait lieu dans son quartier, mais je n'y tenais pas.

Plus tard, je lui envoyais un texto pour lui proposer une sortie en Aveyron le lendemain avec le matériel de peinture. J'ai bien peur d'y aller seul. Je commence à m'y faire. Je mangeai une salade chinoise achetée chez le traiteur du quartier et un plat de pâtes au beurre, en écoutant Sardou.

À la Grande Motte, je suis allé où j'habitais enfant, afin de souhaiter bon anniversaire à Monique Ouillon, mais elle n'était pas là. Je sonnais alors chez Mme Colombeau qui m'invita à m'asseoir en me racontant ses différents voyages et ses contacts avec sa famille.

Elle était également en train de régler une histoire d'héritage aidé par son petit-fils. Elle avait une tablette avec laquelle elle jouait au scrabble et à la belotte. Cette vieille dame était plus « branchée » que moi, pensais-je.

J'aurais peut-être dû aller à cette fête avec Bérengère, mais je suis fatigué, demain je serais plus actif.

Effectivement plus actif, puisqu'après avoir fait le tour des magasins, je me rendis à un vide-grenier où j'achetai quelques CD, un livre et un « A » pour coller à la voiture en pensant à Léa, qui devait passer sa conduite accompagnée dans quelques mois.

Je rentrai chez moi après avoir acheté une bouteille de vin et je reçus ensuite Michel avec du pâté de tête pour l'apéritif. Après avoir épilogué, nous avons abordé le cas de Thierry, me rappelant celui de Jean-François qui avait tout perdu pour la même femme. Nous avons ensuite échangé sur le travail et l'atmosphère ambiante, ces haines et ce racisme avec les polémiques actuelles entre syndicalisme, immigration, front national et pauvreté. J'étais partagé.

Moi qui militais pour l'égalité, je ne cessais de croître mes activités pour tout autant les dépenser. Par exemple, à ce vide-grenier, je n'ai pas négocié, alors que c'est de bonne guerre dans ces marchés populaires, alors que pour la prestation ménagère, j'ai demandé un rabais. Partagé par ce qui est beau ou laid. Par instant je trouve tout beau, même les gens et par d'autres moments je ne les aime pas.

J'ai passé ensuite l'après-midi avec Bérengère, elle dit s'être relaxée alors que j'ai été désagréable, si c'était cela qu'elle attendait de moi, et si c'était ce que l'on attendrait de moi. Comme je l'ai dit l'autre jour à la mère de Léa, contre la haine il y a l'amour et vice versa.

Avec Bérengère, nous nous sommes baladés dans les bois et l'ambiance était plus douce. Une fois arrivés en ville, elle a voulu montrer de l'autorité et j'ai renoncé préférant rester isolé. Je lui ai rappelé que la semaine dernière elle m'avait parlé de procès. J'ai souvent pensé à ce que me disait Patrick au sujet de Bérengère aujourd'hui.

Je lui ai également dit que je finirais seul et elle m'a parlé de maisons à visiter. Je lui ai dit que Liliane, qu'elle critiquait tant, me faisait la bise, elle restait imperturbable.

Je lui ai tout de même proposé de l'emmener demain et j'attends son appel. Elle répond à tous les appels à tous les messages alors qu'avant le téléphone la dérangeait.

J'ai intitulé le dessin du jour « amour gâché », ou amour inutile faisant place aux projets entrepris seul. Je vois que je le suis moins depuis.

Après être passé chez l'homme des bois, comme je le surnomme, et ses mystères si simples, hommage à Daniel à qui j'ai rendu visite en Aveyron, mêlant confort et nature, protection et confort, la reprise fut couronnée d'un entretien improvisé où mon chef d'agence prenait note alors que l'on m'accablait et me disait que cela allait se durcir.

À la suite de cela, j'ai fait selon mon planning, je suis passé rencontrer un industriel montpelliérain et je lui ai présenté mon projet de brevet et de sa protection. Je suis ensuite allé pour demander la dépose d'un brevet auprès de l'organisme qui régit cela, et cela existe encore. J'ai pris rendez-vous.

Puis aujourd'hui même, Antoine s'y est attelé, ne me privant pas de ma visite au salon des maires de l'Hérault afin de leur parler de mon projet à la SNCF. Après quelques échanges, je rencontre le « chef des maires de l'Hérault », j'apprends que ça existe un homme qui les représente, afin qu'il m'appuie. Il me laisse à sa secrétaire pour convenir d'un rendez-vous. Puis les responsables de l'agglomération de Nîmes me proposent un rendez-vous pour donner suite au projet évoqué que j'ai accepté.

En rentrant de Montpellier en voiture, j'ai constaté du bruit dans le moteur qui sortait il y a quelques jours du garage. Je prévois donc d'aller dès le lendemain dans un autre garage Citroën. Je suis passé à la mairie où travaille la mère de Léa, mais elle ne m'a pas reçu, faisant dire qu'elle était occupée. Je voulais améliorer nos relations, en repartant je vois une tante du côté de la mère de Léa, lui demande des nouvelles de ma fille et elle me conseille d'aller lui rendre visite, donc direction Aimargues.

J'étais souriant même en attendant le mécontentement de la grand-mère de Léa, seul bémol ma fille m'appelait Éric, à moi de faire respecter mon nom de famille, difficile lorsque l'on a le tutoiement facile.

Demain, une formation aux échecs est au programme, le but est de mettre le roi en échec, mais tout au long de la partie occuper le centre est très important avec les pièces fortes, donc j'improviserai.

Finalement, ça s'est bien passé, je suis arrivé avec les croissants après que l'on m'ait supprimé tous les repas, j'ai demandé ou un peu revendiqué. Puis je suis allé chez mon propriétaire afin de négocier une partie des remboursements de loyers trop payés.

Leurs bureaux se trouvent à l'entrée de Montpellier, après négociations réalisées, je suis remonté à la direction régionale pour y suivre la fin de la formation. Ce parcours je l'ai fait à pied et je transpirais, car il faisait très chaud. Une fois arrivé à la cantine, j'ai eu des félicitations par un directeur d'un autre service, car j'étais humide et transpirant et que je « mouillais le maillot » pour mon travail ; un peu d'humour ne me déplaît pas.

À 14 heures, formation sur les nuisances sonores, je pris des notes avec soin, car cela pouvait m'intéresser dans le cadre d'une innovation à la SNCF, une de plus. Après cette journée déjà bien remplie, direction le garage. Encore des frais en vue et plus de la voiture.

En cette Sainte Bérengère, que j'ai remarqué sur le calendrier du docteur, après que Régine, une artiste sculpteuse non voyante, qui exposait au CE de la SNCF que d'ailleurs je me suis permis de conseiller pour ses prochaines sculptures, m'a conseillé de passer à autre chose (en parlant de Bérengère) et de me reposer tout comme le docteur.

Mon idéologie tomberait elle, après avoir essayé de joindre Léa puis sa mère, en vain, la provocation a assez duré.

Je m'étais transformé en requin, moi qui me considérais comme un dauphin, l'essence de l'amour. L'amour de la nature que j'ai tant de mal à supporter.

Sous un air d'Aznavour accompagné de ses amis poètes d'antan, ce n'est pas comme cela que je gagnerais la partie. Occupation du centre avec les pièces fortes prêtes à attaquer, je pense au chef des maires qui m'a semblé être un brave homme.

Insouciance que l'alcool me guide, ce soir, après une journée à combattre.

J'ai remercié le garagiste de sa réactivité en prenant la peine d'observer le traitement des déchets effectués dans son garage. C'est pour cette raison que j'ai discuté avec mon supérieur hiérarchique en lui suggérant de porter une étiquette de correspondant environnement pour notre agence, écologiste de droite. D'ailleurs pourquoi se placent-ils toujours en faveur de la gauche, comme si la préservation de notre planète et de notre environnement avait besoin d'étiquettes politiques ?

J'ai invité Christian lundi, juste retour des choses avant mon jour de congé. Grâce à Ginette Reno et son chant « Que c'est beau », je fus porté ce jour que je terminerais par Julien Clerc en imaginant un meilleur lendemain, perturbé par Bérengère, quoi de plus normal, si elle n'est pas capable d'assumer, ce n'est pas à moi de le faire à sa place.

Ce qui m'a donné l'idée d'aller affronter le lion de Sigean. Les lionnes vont-elles me sauter dessus ?

Peur pour les lionceaux aux pieds du roi de la savane civilisée et passive, feignant et observateur sous l'arbre inondé de soleil, chaleur suffocante, la langue pendante en attendant la soif.

La richesse du poète est son malheur dès que son combat s'achève conduit par ces idées révolutionnaires mêlant histoires et rêves, fluctués de ces êtres imaginaires, impossible d'expliquer cette histoire qui nous ramène aujourd'hui au conflit politique et religieux. J'en avais oublié avoir rencontré le directeur de région, faisant hommage à sa façon devant cette folie qu'il doit imaginer, quelle victoire à ce moment-là et quelle déception devant ce médecin voulant me protéger, ne voulant, comme les autres s'engager.

Mon père ce soir était gêné, mais a répondu. En ces moments de courage, je lui trouve du mérite malgré ce que l'on peut entendre et ce que j'ai pu dire.

J'ai le souvenir du jour où je suis parti en Grèce lors d'un voyage scolaire, il pleurait sur le parking en me voyant partir dans le bus qui nous amenait à l'aéroport. Ce soir, je lui ai rappelé la bohème. J'ai envie de l'aider, cela lui ferait plaisir, je pense. Je me doute qu'il a dû lutter, lui né en 1939 juste au début de la Seconde Guerre mondiale. Juger est facile sans avoir vécu.

Je comprends cette fille que j'avais rencontré qui aurait payé les dettes de son ex-mari.

J'ai éprouvé de l'échec lorsque le médecin m'a dit gentiment de m'arrêter.

Je glorifiais l'amour et Régine m'a conseillée.

Cela étant, j'ai toujours de l'ambition et j'irai à mes rendez-vous, mais essayerai de ne plus mélanger personnel et professionnel ou alors de façon subtile, un art autodidacte pas uniquement destiné à l'écriture et au dessin.

Plus de contact avec Muriel, normal, comme avec les autres d'ailleurs, cela me fait penser au restaurant vietnamien où j'ai remarqué une sculpture de Bouddha, qui selon le restaurateur, ressemblait à un Égyptien.

Il est temps de prendre le bain du roi, enivré de cette lutte qui à cette heure tardive n'a plus de sens, retardant l'échéance.

Lundi, je me suis donc rendu chez le médecin qui m'a donc arrêté, comme prévu, j'ai continué à montrer de l'arrogance au travail et André m'a suggéré de prouver. J'ai donc répondu aux quelques mails sur les chantiers en cours, avant de manger à la cantine avec Christian qui se trouve à la direction régionale, toujours provocateur, j'ai ensuite reçu un coup de fil de Mileto, contact professionnel sur les panneaux photovoltaïques, qui fait partie d'un grand groupe français. Nous avons convenu de nous rencontrer le lendemain.

Puis je suis allé à la brasserie « le printemps » éplucher la gazette de Nîmes, trouvant quelques arguments supplémentaires que je me permettrai d'évoquer si la personne en face de moi est réceptive.

J'ai ensuite fait le tour de l'écusson après quelques haltes pour boire du Perrier après avoir loupé la fermeture de Bouygues Telecom.

Une fois rentré, j'ai repassé mon costume et préparé mes rendez-vous, dans une des chansons qu'il m'arrive de chanter lors de karaoké Charles Aznavour parle de retrouver son lot de solitude.

Je suis malgré tout satisfait à cette heure, en pensant que le lendemain, une grosse journée m'attend, puis je repense que j'écoutais la chanson du roi lion en ville ce matin.

Christian m'a dit de ne plus penser à ma fille. Malgré cela, j'attaque, mais y songe.

J'ai appelé pour le tri sélectif de l'immeuble, de bon augure, et cela m'a permis de constater qu'il y avait de la vie au 21 bis rue de Generac, des enfants grimpant les escaliers et des personnes âgées un peu décriantes, la vie quoi. J'ai fait ma parade généreuse et écologique.

Aujourd'hui, j'ai rencontré Nîmes Métropole et j'ai demandé à rencontrer le maire de Nîmes, puis vu Mileto et on doit se rappeler sur la semaine qui suit au sujet de projets que j'avais imaginés, lui suggérant d'en parler à sa direction. Puis escapade à la Grande Motte où en observant, m'est venu une innovation supplémentaire. En revanche, je n'ai osé aborder personne et l'inverse non plus.

J'ai le sentiment d'être observé, regardé, je verrais bien le lendemain où j'ai pris un rendez-vous avec un avocat.

En rentrant de la grande motte, un accident de moto, le corps du jeune conducteur était tout tordu. Je n'ai osé, j'ai eu peur, puis j'ai pleuré sur le chemin du retour, car je n'ai pas fait confiance en ces jeunes qui arrêtaient les voitures, de peur pour ma voiture.

Après avoir nargué tout le monde, je me déçois et ai perdu mon courage, ne sais plus si je dois faire bien ou mal, pense qu'à moi sans les hommes, les femmes, les enfants, la nature, les animaux. Même dehors, je suis seul.

Ce soir, j'ai regardé les gens qui semblent heureux à travers le partage d'un repas, d'une discussion, d'un jeu.

J'ai laissé des pourboires et ne supporte plus la vulgarité, les rires, les critiques ; un coq en somme.

Confirmation de cette solitude humaine en voyant ces Africains se révoltant, je crois que je vais céder et changer mes textes.

Il faut croire que trop d'amour tue l'amour, j'ai également envoyé balader ma fille en reportant sur sa mère.

J'ai bronzé cet après-midi, même le lion ne m'intéresse plus.

J'en suis même arrivé à me dire que critiquer sans cesse est juste bon à se rendre compte que chacun vit pour soi.

Avec tous ces projets qui me traversent : les livres, les brevets et les marques, il va me falloir trouver des ressources financières, peut être trouver un associé, mais qui ?

Aujourd'hui, j'ai acheté le journal « Le Monde », et cela m'a donné l'idée de faire un article. Réagir. En première page Lescure, bonne bouille, liée au sponsoring justement. Le sens de la vie, sous prétexte que les gens sont malheureux, penser au désarmement, puis finalement en France, ça va. On est plus au temps des misérables de Victor Hugo, Jean Valjean qui a eu envie, et puis ma fille n'est pas Cosette.

Aujourd'hui, en ce dix-sept mai, après être allé à la messe où j'ai remarqué que le prêtre disait d'écouter le pape, sans toutefois relater l'actualité, j'ai regardé l'assistance avec désarroi, je n'ai pas vu de pauvres, mais des gens présentables, juste au moment de la quête. À la fin de la cérémonie, j'ai juste pu récupérer un numéro de téléphone, car il était plus préoccupé, et n'avait de temps à accorder qu'à ceux venus lui payer sa messe et baptiser leurs enfants. Moi qui voulais illustrer une scène dans son église.

Puis je me suis rendu à la maison du théâtre et de la poésie où Michel Boy interprétait l'heure du diable. En rentrant, distribuant aux mendiants cet argent, devenant le plus triste et riche des quêteurs.

Seul le voisin a voulu me consoler en pensant que c'était un chagrin amoureux, mais c'est un plus grand bien, un plus grand chagrin ; c'est cette misère.

Seule l'étoile artiste, danseuse qui prend sa retraite âgée de quarante-deux ans m'a donné un peu de réconfort, mais mes esprits étaient ailleurs.

Ce qui m'a fait prendre le livre, c'est cette envie de construire, une petite chapelle au bureau par exemple. Donc le lendemain, direction au bureau.

J'ai retiré la gourmette de ma communion, comme pour m'alléger un peu. Je me souviens au théâtre avoir dit que l'on était le septième dimanche après Pâques, je voulais rencontrer le pape, maintenant et j'y crois ; « un jour, j'irai à Jérusalem ».

Imprimé en France
Achevé d'imprimer en juillet 2022
Dépôt légal : juillet 2022

Pour

Le Lys Bleu Éditions
40, rue du Louvre
75001 Paris